KB020602

개밥바라기와 눈 맞추기

실천문학시인선 028

개밥바라기와 눈 맞추기

2019년 8월 30일 1판 1쇄 인쇄
2019년 8월 30일 1판 1쇄 펴냄

지은이   신수현
펴낸이   윤한룡
편집   김은경
디자인   윤려하
관리·영업   한해인

펴낸곳   (주)실천문학
등록   10-1221호(1995.10.26)
주소   서울특별시 중랑구 상봉로 110, 1102호
전화   322-2161~5
팩스   322-2166
홈페이지   www.silcheon.com

ⓒ 신수현, 2019

ISBN 978-89-392-3037-8 03810

실천문학 시인선 028

개밥바라기와 눈 맞추기

신수현 시집

실천문학사

제1부

제2부

제3부

제4부

제1부

꽃무릇에 찍히다

　여름 끝 무렵 호남선 타고 광주에 갔었네 환벽당 앞뜰에서 리콜리스 혹은 상사화라 불린다는 꽃무릇 난생처음 보았네 받쳐주는 이파리 눈 씻고 보아도 없이 꽃잎만 타오르고 있었네 그 꽃무릇 군락에서 카메라에 몇 장 찍혔을 뿐인데, 한 사람과 한 지붕 밑에서 뒹굴고 부대낄 수 없던 내 전생이 고스란히 인화지에 배어나와 서울로 돌아왔네 서로 다른 방에서 밥숟가락 들다가 이쁜 옷 입다가 잠자리에서 뒤척이다가, 문득

　잠을 곳 없는 줄기 위에
　결코 외로워 보이고 싶지 않은
　둥근 알뿌리마다
　사랑을 벗어두고 온 내가,

　갉아대고 떼어먹고 천방지축 발 굴러도 끄떡없는 품 안에서 자꾸 투정 부리지 말라고 다음 생에서도 돌아오지 말라고 간절한 눈빛으로 내가,

꽃

잎 기다리고 있네

구름 퍼즐

서해대교 가까운 바닷가에 와서
갯벌 저 너머로 지는 해를 본다
붉은 구름의 퍼즐에
울컥, 떠오르는 아버지 얼굴

아들 하나 없이 딸만 넷
머리가 희도록 감싸 주시던 아버지
어느 날 다 모여라
바닷바람이라도 쐬러 나가자시더니
여행 가방 머리맡에 챙겨 놓고
먼 길 훌쩍 떠나 버리셨다
딸자식들 보고 가려고 부르셨구나
애써 날려 버렸던 눈물조각들
구름떼로 모였다 흩어지는 저녁 하늘

파도치는 세상의 문을 열고 나와 온 하루를 살아내며
쓰다듬고 보듬던 품 안의 것들 아슴아슴 어리는

저 슬픔 어느새 다 아는 듯

또다시 몰려오는 구름 떼

혼자서 비틀거리는 내 눈에

아버지, 노을로 물드는 글자들

돌멩이는 물이 없어도 산다?

냇가에 가면 물보다 돌들이 먼저 보인다
둥글고 모나고 크고 작고 검고 푸른 것들
지느러미를 달고 꼼지락거린다
요놈 요놈, 눈에 들어오는 것들
내 욕심대로 함부로 잡아 온 것들
책상 위 쟁반에 옹기종기 갇혀 있다
가끔 그것들을 보면 미안하다
보내 줘 보내 줘 헤엄치고 싶어
보채고 칭얼거리는 소리 들린다
푸석푸석한 형광등 불빛 아래
정전기를 뿜어내는 컴퓨터 화면 속에
날아들고 날아가는 글자 글자들
제 생각만 읽으라는 전화기 속 목소리
책을 깔고 엎드려 낮잠 자는 일도
나무 위로 치솟는 새들의 날갯짓도
만나는 바람마다 바꾸는 구름의 얼굴도
잃어버리고 자꾸 목이 잠겨드는 것

재잘거리던 소리 사라져 버린 것
숨 막히지 쟁반에 물을 채워 주기나 하면서
나도 그것들을 놓아 주지 못하고 있다
나도 돌멩이처럼 숨 쉬고 있다
햇살 끓는 계곡의 물속으로
지느러미를 달고 뛰놀 수는 없는 거지
마른침 삼키며 눈 깜박이며 물속 꿈꾸고 있다

텅 텅 길이 내 몸에

운현궁과 수운회관 사이의 거리가

텅 텅 이상하다

소리도 색깔도 냄새도 별안간 사라진 무얼까

저 가로수들, 가지치기 당한 플라타너스 무리들

문구점에 우체국에 뛰어다니면서도 내 몸

저들과 내통했구나

새순 내민 연둣빛

팔랑이는 초록잎

벗겨지고 말라가던 가지 다시 뻗어 잎 틔우던

사이로 달려들던 햇살

사이로 걸려 있던 초승달

끝까지 매달려 떨던 흙빛 이파리들

소리와 색깔과 냄새

거리를 채우고 내 몸으로 흘러들고

허공까지 그득했구나

곁을 떠나고 나서야 느껴지던 아버지의 자리

느닷없이 왜 내가

낯선 별에 떨어진 듯 두리번거려,

벌써 멀리 떠나와

나는 기댈 데를 찾고

뿌리만 땅속으로 파고드는 저 나무들

성묘 가서 절이나 하고 오듯

금세 나는 또 뛰어가며 뛰어오며

내 몸에

길이

텅 텅!

관음(觀陰)

메뚜기 한 쌍의 짝짓기 대낮부터 엿본 적 있다

커다란 소리쟁이 이파리 한쪽 귀씩 붙들고
남은 손깍지 끼어 그네 타듯 끌어안고
바르르 바르르,

여주 목아박물관 가던 길 고개 숙여 가는 벼포기 사이로
논두렁길 톡톡 튀는 메뚜기들 따라다니다가

바람도 옷자락 여민 자리 눈 붙들려 오금이 저리도록 일
어설 수 없었던

점심 먹고 나와서도 박물관 건성 다녀오고 별 하늘이 되
도록
낯 뜨겁지 않은 탄성을 삼키게 했던

한껏 차오른 순간

바르르 바르르,

땅의 논밭, 하늘의 별밭 사이 한 몸의 메뚜기 엿본 적 있다

이제라도 할 수 있는
발가벗어도 부끄럽지 않는 사랑
끓어오른 마음 별 하나로 영글도록
부둥켜안고 견디는

바르르 바르르,
내 몸에 자꾸 오는 신호음

등꽃이 또 지고 있다

네게로 가고 있다
시간을 되돌리며
어깨 멍들지 않으며
가슴 베이지 않으며

바윗돌에서 조약돌까지
그만큼은 흘러왔니
몇 걸음 더 걸어야
내 마음 온통 채워 주겠니
은모래로 나를 품고 반짝이겠니

보라보라
꽃등
화안하던
봄날, 아득한

엄마

지난해 가을 선물로 받은 분재 화분 위에서 이 봄 철쭉 흐
드러지더니 어느덧 얹혀 있던 돌 하나가 바위로 보이기 시
작한다 그 밑에서 초록빛 실뿌리 하나 기어 나와 갓난아기
새끼손톱만 한 떡잎 방싯거린다 뽑힐 듯 뽑힐 듯 가지라고
벋어 가며 잎을 피우는데 초경 치른 계집애의 가는 허리 같
더니 불쑥, 제법 굵은 꽃대가 나오는 것이다 아하, 조숙도
하지 뿌리보다 굵은 가지 그보다 굵은 꽃대에 하양 꽃 점점
이 피어 들여다보는 동안 콩꼬투리 모양 열매가 맺힌다 며
칠 사이 봄날과 함께 이우는 철쭉 따라 미처 이름도 챙겨 보
지 못한 풀잎도 희끗희끗 늙어 간다 그 풀잎, 물 줄 때마다
쓸려 내리던 몸에 어떤 힘이 붙었는지 바위에 기대 여무는
자식들 아래 떡 버티고 있다 엄마, 라는 말이 목구멍까지 치
솟는다 그래 엄마다 자식을 버리고 떠난 어미도 엄마다 자
식에게 하염없는 어머니도 엄마다 맛있는 거 이쁜 거 내가
우선인 나도 엄마다 희끗희끗 풀잎 엄마

유배를 꿈꾸며

아주 사소한 것들에게도 밀려나는 것
그 가슴 깊어서일까

빛이 없는 바다 속살 저며 올린 심지에 불을 붙인다
작은 숨으로는 넘을 수 없는 자리 목청 돋운 꿈을 끓여 올
린다

먹구름이 한 번씩 다 자란 시간을 삼켜 버린다
아득함이 더 질긴 희망을 낳는 것일까

흔들리지 않는 그 중심에
위리안치 되고 싶은

만화방창

밤새 잠 못 들고
휘청,
부는 바람에
분분,

덧칠하고 꾸미는 게 힘겨웠을까

살림 번창하던 벚나무 길
내려앉는 꽃잎들 평안하다

만남과 헤어짐이
발목에 매달려
시소 타는
이쪽? 저쪽?

꼬리 짧은 웃음 위태로운 허공 벗어나
지천 햇빛 봉분 속

함께 눕고 싶어지는

벚꽃 축제 지나간 윤중로

노숙

칠사칠 엠비 공약이 날지도 못하고
몸 누일 수 있는 곳, 어디나 그렇듯이
창덕궁 담 너머 공원에도
이슬 내리는 잠자리가 있었다
저녁 후에 산책 나와
두런거리는 중년의 부부에게도
무릎을 내어 머리를 벤 젊은 연인들에게도
벽이라도 둘러놓은 듯,
가로등 불빛 못 미치는 한구석이 있었다
찢어진 신문지 위
은박돗자리 빛바랜 밍크담요
덮여 있는 나무 벤치
소주 한 병 들고 돌아 들어온
마흔 남짓의 몸피도 작은 사내가 있었다
다리 드밀고 앉아 병나발 한 곡 불고
담요로 발끝부터 여미
얼굴까지 덮어 버리면

순간

나무들이 염(殮)을 마친 관을 조문하듯

내려다보는

여름밤이 있었다

밤이슬 막을 지붕이 있는 식구들과

밥상을 마주하던

옷을 벗고 누울 수 있던,

아흔아홉 칸

궁궐 부럽지 않던

집 한 칸, 어디엔가 기다리고 있는지

꿈에서라도 찾아가는지,

그 사내 문득 문득

겨울을 걷는 나무

한 생애가 걸어간 길을 본다
저렇듯 거침없이 내놓을 수 있다니
갈팡질팡한 뒤섞임의 순간들
옹이로 박혀 있다
푸른 이파리 속에 감추어져 있던
흔들림과 맺음들
내 안에 숨어 자란 가지들
몸 뒤틀며 깨어나고 있다
어느새 뿌리로 뻗어 있다니
햇살을 받은 자리
굽은 자리, 꺾인 자리
새소리 우거지는 숲으로 가고 있다고
반 뼘 그늘만 벗어나면 바로 설 수 있다고
오랜 상처 이제는 새살 돋고 있다고
얼어붙은 땅속 깊이 길을 내고 있었다고
저마다 고개 내밀고 있다
끝나지 않은 길의 새싹

폭포처럼 솟구치는 환호성

아직은 기다리는 것이 더 많다

반갑다 반갑다 돌아보는

마른 가지들 부르튼 뒤꿈치

밥

잊히지 않는 것은
시간으론 헤아릴 수 없는 것,

더 큰 질량의 만남을 믿었네
뼈도 살도 될 수 없을 것이라는
어둠 속의 목소리가 가끔
익어 가는 내 가슴에
물거품을 퍼붓기도 했지만
이미 내 비루한 마음에 일용할 양식이 된
그대 모습 일어나 다시 끓기 시작했네
처음부터 온전한 것은 없었네
무작정 무릎 꿇고 엎드려
물과 불의 길을 건너는 것이네
뿌리부터 가지까지 설익은 말
숨죽여 그대 향하네
뜸 들여지고 싶은 것이네

눈

항상 생각해요
이마에, 뺨 위에 살짝 입 맞추고 갈까요
탱, 쥐었다 풀었다 눈치 보게 할까요

흐르다가 자꾸 당신을 만납니다
이름 한번 얻지 못했어도 알 수 있습니다
숲이었던
바위였던
당신 안에 출렁이며 머물렀지요 머문다는 것
발목 묻고 익어 가는 일입니다
몸 바꾸어
그 몸의
흐뭇한 살이 되는 일입니다
통통 살 오르는 날들을 지나
흩어지기도 하는 것입니다

다 덧없는 것만은 아니지요

스러지는 만남도 이렇듯 쌓이다 보면

당신에게 한번은 전부가 되고 싶습니다

만년설은 못 되더라도

봄 놓치다

처마마다 녹는 고드름
낙숫물
뚝뚝 듣는 소리
아직도 담 밑에 남은 눈더미
얼룩을 흘려보내는

골목 끝 담벼락
감나무 가지 밑
치즈 빛깔 고양이

귀 쫑긋, 꼬리 살랑
목 길게 빼고
전깃줄에 앉아 있는
비둘기 꽁무니
호동그란 눈동자에 담고 있다

그래그래, 살아남았구나

패딩코트에 양털부츠로도
발 동동
어깨 옹송그려야 했던
지난겨울
쌓이고 얼던
눈바람 사이에서 용케도

휴대폰 꺼내 들어 찰칵
휘릭,
나뭇가지 앙상한
겨울의 꼬리만

나무들이 서로

이파리들이 입맛 당긴다는 듯
파충류의 혀끝처럼
촉수를 뻗고 있다
바람과 햇살과 물기를
날름날름
빨아들이고 있다

쓰고 달고 비릿하게
서로 몸을 부비면서
손 내민 자리들
제법 하늘을 지우고 있다

그 아래
담장과 전봇대 그늘
뿌리를 향해
깊어간다

재깍재깍 독(毒)을 뿜는 초침이

돌아가는

허공 속으로

목숨들

한껏 죽음 향해 키를 높여

파도

그가 없다

나를 물밀듯이 휘젓다가

또 사라졌다 그가 없으니

사방 햇볕 속에서

마음이 온종일 그늘이다

햇살 한 줌 담아 본다

빈자리에 펼쳐 놓는다

희디흰 모래밭이다

조용히 그를 불러 본다

음성도 문자 메시지도 닿지 않는 섬

이윽고 그가 온다

올 듯 말 듯 오래 달려온다

나는 미리 차올라

쓰러진다 그가

어깨를 내주고 팔을 둘러 준다

남은 숨들 이제야 깊어진다

발자국 다져진 길 위에

다시 발자국을 남기는

반복이 아니면서 반복이듯이

시범아파트*엔 노인정이 없었다

희끗희끗 듬성한 상고머리 할머니와 검은 파마머리 슈퍼
할머니, 골목 안 용강슈퍼 평상 위에 슬리퍼 나란히 벗어 놓
고 올라앉아

…………

―그래 허린 괜찮수?

―힘들어서 빨래두 안에다 널어요

―잘 마르잖아

―맞아요, 요샌 눅눅하지두 않구

…………

―저어기 봉숭아 한 나문 왜 없앴누?

―아뇨, 누가 뽑아 갔나 봐요

---

* 마포 용강시범아파트. 한강르네상스 연계사업으로 한강조망공원을
  만들기 위해 2010년 겨울 철거되었다.

—꽃이 그중 곱던데

—그러게요 꽃이나 좀 따가던지 원

…………

—저것들두 이젠 늙었다

—왜요, 아직 새로 피는 것두 있어요

—그래두 때깔이 예전 같지 않어, 싱싱한 맛이 없잖아

…………

—요샌 모기들두 극성이야

—맞아요, 이래 더워두 추석 지난 모기라, 그래두 얼마 안

물리셨네

—왜애, 내가 살성이 좋아 티가 안 나 그러지

…………

―그나저나 빈집들이 많아 손님이 더 없나 봐

―형님넨 어디루 가세요? 우리두 옮겨야 하는데 가게 자
리가 그리 쉬워야죠

…………

슈퍼 앞 공중전화 부스 끼고 갈래 난 골목길

담장 가 나란히 플라스틱 화분들에 봉숭아, 고추, 치자나무

무료함을 벌서고 있는,

오가는 사람도 뜸한 한낮

이마트 노란 배달차가 들어서자

두 노인 눈빛이 반짝 반짝 달려간다

제2부

구름 경전

사랑하는 것,
서로 꺾이는 것
한 잎 풀 말라 가는 만큼 견디는 것
두근거림 폭폭 스미기도 하는 것
푸른 이마 때로 살아나기도 하는 것

가지런히 발 뻗고 기다리지 못하는 것
가벼움으로 곧잘 뒤척이는 것
그러다가 벼랑을 만들기도 하는 것
떨어져 흘러가기도 하는 것

정좌한 내 사랑은 아직도 날것
그 풋풋함으로 뿌리내리는 중

넝쿨장미

배가 고파

네가 준 방이 셀 수 없이 많지만

식지 않은 향기 뚝뚝 넘쳐 나지만

너를 송두리째 틀어쥐고 싶어

나는 배가 고파

나는 뻗어 가고 있어

손톱이 겁도 없이 마구 돋아

너는 내 몸 꽃피우고

다시 잎 지우고 있어

나는 벌써 몇 생이 헛손질이야

아직 가시 남았을 때

뿌리 거두어 줘

손톱 자르고 싶어

속속들이 열어 봐야 직성이 풀릴 거라고

무엇이던 밀어내고 말 거라고

네 안 방방곡곡 그래 만발하고 싶어

내게 낯선 어둠은 없어

남김없이 그래 다 먹힐 거야

떠나감에 대하여

휘모리장단의 봄 햇살 속 매화 개나리 목련 진달래 틈살을 비집고 나와 방글거리던 웃음, 떠나는 몸짓도 가지가지

살아 숨 쉬는 모든 것들 어미 품에서 날아간다 오리나무 연둣빛 떡잎 사이로 넘나드는 굴뚝새도 이소(離巢)의 두려움을 치러낸 것

옹알거리며 새로 맺히는 이파리들 날아갈 차비하는 꽃잎들 올려다보며…… 떠나왔던 아버지 떠나간 아버지, 해 갈수록 오히려 말캉해져 불현듯 터지는 자국들 잠시 또 아리는 가슴

숨 고르던 바람이 다시 나는지 이제 막 부들잎 돋는 물결 위로 분분 꽃잎들 동동 어리어 다시, 흘러간다

겨울 화두(話頭)

사랑은 이미 소각되었음 머뭇거리지 말 것
바람 센 거리에서 단숨에 날려 버릴 것
빛나는 상처를 껴안고 뒷모습 보이지 말 것

흔적 없이 새겨진 추억이 밀고 나오면서
깃털처럼 노래처럼 자꾸 떠오른다면
발끝에 부서지는 파도 지워지고 마는 것

햇살쯤은 속눈썹에 얹으며 돌아설 것
제 그림자 선명하게 들어앉아 눈을 뜨는
슬픔의 바다에 착륙하는 일 허용할 수 없으니

낮 꿈

　용강동 토정약국 맞은편 e-편한세상 축대 밑 트럭에 꽃
장 섰는데 벤자민, 산세베리아 키 큰 화분들 플라타너스 그
늘 속 부려 놓고 웬 노랫소리만, 심수봉의 목소리가 확성기
타고 길목을 휘감는다 반바지에 검정 샌들 굵은 팔뚝 베고
운전석에 잠든 귀밑머리가 허연 사내

　아파트 따위 없어도, 사랑밖엔 모르는 목소리 휘영낭창한
여자와 알콩달콩 토닥토닥 살림 차렸는지 쇼핑카에 딸 아들
앉히고 토마토와 감자를 골라 담는 여자 뒤를 따라다니며
노닥노닥한 평생을 잘 누리고 있는지…… 차창으로 쏟아지
는 장마 뒤 햇볕에 검붉은 얼굴 더 익는 줄도 모르고

　고무나무 홍콩야자 먼지 앉은 잎들 날 데려가세요 흥정에
나선 줄도 모르고
　장주의 나비가 되어

축문(祝文)

꽃 피기 전 벗나무 둥치,

큰 구멍 눈에 띈다

무심코 앉아 들여다보다가

멈칫,

부릅뜬 눈

튀어나올 듯 굽힌 뒷다리

먼지 뿌연 거미줄에 묶여 있는

양 앞발로

틈바귀 부여잡은 메뚜기

껍데기만 투명하다

살과 피 빨려 가면서도 헤어나려던

사투(死鬪)……,

이런 때나 쓰는 말이라는

함부로 쓰지 말라는

뻗친 더듬이 한껏 편 날개까지

몸의 전언 생생하다

저 빈 몸의 주인,

뿔 세운 전율(戰慄)을

달래며

이제, 그만, 잠들라, 눈, 감으라……

더듬거리는

아직 덜 풀린

햇살의 착한 혀끝

진화론을 읽고 있다

책장 안으로 개미들이 드나들고 있다

날갯짓은커녕 고갯짓도

한번 제대로 못 한 책들 사이

바스러진 초콜릿이나 비스킷 같은

죽은 바퀴벌레 같은

글자들이 냄새를 퍼뜨렸는지

낯빛 창백한 개미들이 모여들고 있다

당분이며 탄수화물이며 단백질이며

얼마나 먹어대는지

소화불량의 머리통 어찌나 푸들거리는지

힙합에 탱크탑에……

빨강머리 노랑머리는커녕

멜라닌 색소도 모르면서 업그레이드?

책상 위의 노트북에도 개미가

마우스를 움켜 쥔 개미가

기절초풍 개미가

여기저기 똥을 싸고 있다

그림자 나비

팔랑, 나비 그림자 발끝에 떨어진다
든다 고개를
길가 낮은 축대로 날아오르는
하얀 날개에 어리는 빛,
감긴다 눈이

예보도 없이
돌풍 몰려오고 거센 빗줄기
우듬지 부러지고
삽시간에 붉은 곰팡이
널름 온 집 안 점령해 버린다

떼어낼 수 없던 공포의 혓바닥
뿌리까지 삼킨 뒤 사라지고
먹구름 갈아들어
하늘 무겁게 주저앉는다

햇살이 뜨겁게 어깨를 감싼다

눈을 뜬다

축대 튼살을 비집고 핀 튀밥 같은 꽃무더기에

나비 날개를 접었다 폈다

앉은 자리가 꽃자리

그림자 안 보인다

고치 짓는 누에

발길 뜸한 창경궁 담장 길
꽃샘바람에 손 시린 햇살이 종종거리는
가로수 곁 돌 벤치 위
한 여자 잠들어 있다

운동화 속 두터운 양말로 밀어 넣은
검은 누비바지
목까지 치켜 잠근 검은 점퍼
한때는 치렁하게 흩날렸을 긴 머리
털모자로 덮어쓰고
땟국 속으로도 드러나는 얼굴
마스크로 한 번 더 가리고
팔짱 단단히 낀 채

쉼 없이 실을 뽑아 바쳐야 하는
어떤 삶이 싫어
평생 푸른 먹이 보장된 감옥 뛰쳐나와

한잠 쉬고 있는 건지

어떤 손이 그 여자

고치를 짓게 한 건지

봄 손길 따끈해지면

한뎃잠의 때 절은 발목, 뭉친 어깻죽지

밀어 올려, 악몽이었나

화들짝 밝은 세상 속으로

눈뜰 수 있을까

나방이로 날아오를 수 있을까

비명(碑銘)들

은행나무 물든 거리에 바람이 부풀고 있다
날아 봐, 날아 봐, 황금 날개로 나부끼던 이파리들
풀 풀 풀, 곤두박질하는 소리들
나뒹구는 소리들 바스라지는 소리들
자꾸만 차이는 비명에
한 생애 고스란히 젖어들던 빛깔의 덧없음에
멈칫, 발을 멈춘다 흘러가는 자동차들, 사람들
휘청거린다 내려다보던 잿빛 하늘도
기우뚱, 주저앉는다 내게서 싹터 자라던
꿈 또는 희망이라 불리는 것들
발끝에 힘을 주어 보지도 못하고
목청껏 소리를 내질러 보지도 못하고
한껏 날아 보지도 못하고
흩어진 비명들, 떨어져 나갈까 두려운 것들
사랑 같은 것들, 발길에 채이며 아파, 아파
묵묵부답 은행나무들
왕성한 식욕으로 한 시절 소화시킨 뒤

나이테로 굳은 뜻 모를 글자들만,

피가 도는 것들이라고? 다시,

움트는 것들이라고?

수련이 핀다

북한산 삼천사에 위패로 계신 아버지, 음 유월 초아흐레 제삿날이면 절 마당 작은 연못에 영락없이 수련이 피어 있다

아들 없이 딸만 넷, 올해도 잔 올리고 절하다 보면 툭 터지는 울음, 까닭도 모르게 굳게 결린 어깨 가슴에 멍든 것들 콧물까지 훌쩍이며 한참 들썩이고 나면 대체 언제 그랬냐는 듯 시치미 뚝……, 아버지 날빛 가득한 손으로 괜찮다 괜찮다 등 쓸어 주신 듯

노랑 리본 팔랑이며 손 잡혀 따라다니던 무릎 위에서 참새처럼 재재거리던 등에 업혀 잠들던 그때처럼

말갛게 웃어지는 것이다 진흙 뻘에 발 담그고도 하늘 가득 머금는 것이다

봄비는 힘이 세다

출렁, 넘실거리며
닫았던 입을 여는 강물
그랬을 것이다

너와 나 사이, 빙하가 놓일 때마다
가슴의 얼음장을 깨뜨린 것은
봄 햇살만은 아니었을 것이다

뜬눈으로,
뜬눈으로,
봄비가 파닥파닥
물길을 터 주었을 것이다

그 틈
머리끝부터 발끝까지
몸의 기억들
지느러미 날렵하게

솟구쳤을 것이다

맺혔던 온갖 응어리들
자맥질하며 녹아내리고
언제 결빙이었냐는 듯

다큐멘터리라고

끌어안고 목덜미에

사뿐히 송곳니를 박는 치타

쫓기다 지쳐 무릎을 꿇는 가젤

물어뜯는 순간을

포옹하고 키스하는

구애의 장면으로 바꿔 놓는

눈 밝은 BBC 카메라맨의 초점

텔레비전 화면에 넋을 놓다가

인간의 삶을 좇아 연구하는

어떤 신들이 어쩌다 내가 누리는 영역들

즐겨 보고 있는지도 모른다는

섬뜩한 느낌

이 아파트 내 방에도

새 둥지나 여우 굴을 훔쳐보듯

몰래카메라가 돌아가고 있을지도……

필사의 몸짓

피 튀기는 사랑

못 해 봤지만

하품하며 머리 긁거나

사납게 짖어대던 비비였던 적은 없는지

눈물 흘리며 고기를 찢는 악어였던 적은 없는지

순간순간 잡아내는

새나 물고기들……,

짝짓기쯤은

눈에도 안 들어왔는데

그저 다큐멘터리라고

오오!

개밥바라기와 눈 맞추기

저녁달 따라 오르는 개밥바라기와

눈 맞춘 건 언제지

양 떼와, 갈기 휘날리는 사자와

얼룩말을 몰고 다니던 뭉게구름……

국민학교 4학년 여름방학

대청에 누웠다가 큰 손에 들려

별하늘에 빠졌던 밤까지 총총총 떠오르네

둥둥 내 몸을 안고 흐르던 은하수

세상엔 빛나는 것들이 별보다 많을 텐데

내게 남은 시간은 얼마큼일까

아버지도, 엄마도, 도토리 같은 두 동생도

날 업어 기른 복순 언니도

파초잎 하늘거리는 자배기가 있는 마당도

네로와 파트라슈가 잠들었던 앤트워프의 성당도

다 사라지겠지

아버지가 안아다 눕힌 잠자리

풀지 못한 갈래머리 밤새 젖어

뻣뻣해진 솜사탕 같은 슬픔과의 첫 만남도

별빛 사라진 서울 하늘만큼 멀어졌는데,

컴퓨터 앞에 앉으면

세렝게티의 무지개*, 랑탕 히말라야 하늘섬이 보인다*

이런 사진들이 눈에 띄면

퍼다가 내 창에 깔아 놓기도 하고

허블 망원경이 없이도

별을 찾는 사람들의 카페에서

은하철도 999를 타기도 했는데

들여다볼수록 더욱 멀어지는 건 무슨 까닭일까

자꾸 몸이 무거워 가는 나를

이제 데리고 나가야 할까 봐

알라딘의 램프 거인, 그 여름밤처럼,

나 좀 번쩍 올려 줘

이름을 몰라도 눈 맞춰 놀던 그 별들 곁으로

----

* 네티즌들이 블로그에 올린 사진

제3부

큰 손이 있는 풍경

겨울나게 하려고 거실에 들여놓은 고무나무 화분에 벌레들이 산다 겨자씨보다 작고 유리처럼 투명한 몸뚱이들, 물 주는 날이면 익사하지 않겠다고 기어 나와 저희들 땅덩이 위에서 고물거린다 고개를 들이밀면 당장 쏟아질 먹구름이라도 만난 듯 숨어 버리지만 모험을 즐기는지 고지대를 탐험하기라도 하는지 잘못 밖으로 나와 우왕좌왕하는 놈도 있다 헤매고 헤매다 청페페, 홍콩야자……, 다른 별로 불시착한 놈들도 있을 게다 다른 별의 다른 종과 부딪쳐 목숨을 잃거나 새 영토를 가꾸거나 한 점 먼지에 싸여 구르다가 청소기의 블랙홀로 빨려드는 목숨도 있을 게다

방향을 잃고 갈피를 못 잡을 때 위험에 처해 있을 때 알수 없는 손길을 느낀 적 있다 넘어지려는 찰나에 손잡아 주는 가슴을 쓸어내리며 문득 주위를 돌아보게 만드는 영하의 바깥바람 속에서도 가시덤불 속에서도 오므라들지 않게 하는 큰 손길, 티스푼이나 종이쪽에 나를 승선시켜 제 땅에 안착시키는

오월이면 나는 보랏빛이 된다?

　활짝 웃어본 지 오래라고 오월에는 얼굴 좀 보자고 친구
에게 이메일을 보내는데, 문득 보랏빛이 몸 안 가득 차오른
다 창밖의 벗은 나뭇가지 흔들리던 길 지워진다 라일락꽃들
보랏빛 향기 쏟아내고 맨발이 되어 나는 찰랑거리는 오월
속으로 걸어 들어간다

　바람도 보라 보랏빛 바람이 인다 어떤 어둠도 나오기만
하라는 듯 구석구석, 아침이면 간신히 떠지던 눈꺼풀 먼지
만 풀썩이는 책상 엎드려 그동안 눈감고 있던 낱말들 긁히
고 밟혔던 구두 둥둥 보랏빛 속으로 떠오른다 어서 나와 모
두 오월 햇살로 씻어 줄게,

　바람이 된 나 햇살이 된 나 꽃잎 사이로 날아다닌다 보랏
빛 세상이 나를 감싸 안는다 가쁜 숨 끝에 울컥, 나비 떼처
럼 쏟아져 내리는 그늘 갚아야 할 빛이 어느새 눈을 가린다
너울거리며 나를 끌어내린다 뒷걸음치다 그만 모래 더미에
발이 걸린다 한 가닥도 잡히지 않은 채 흩어지는 꿈 황사 바
람 속 안녕, 보랏빛이 나를 버린다

悲 悲 悲

하늘이 낡아 그 여자 비는 오고 슬픔은 새는지

가스레인지도 침대도 비의 머리채에 휘감겨 있다

날개가 젖은 풀벌레처럼 책상에 그 여자

엎드려 비를 뿌리고 있다

비어 간다 말도 웃음도 그 여자

살짝만 건드려도 적막이 출렁이는 몸뚱이

속마음 스캐닝해 심장을 읽어 볼까

어깨를 감싸 주면 금세 거짓말같이

날개를 펼 수 있을까 그 여자

후드득 모든 비를 삼켜 버릴까

말라빠진 말들이 살아날까 달리며 들판 하나쯤 그려 낼까

찻물을 끓이며 자판을 두드리며

종알종알 하하 호호 흠뻑 젖어 갈까

하늘을 뻥 뚫을 듯 생기가 넘쳐날까 그 여자

비, 비, 비, 悲, 悲, 悲!

환상고향곡

—뮤직박스에서

별은 누구에게나 사랑받지만

누구나 내 것으로 만들려고는 하지 않는다

베를리오즈 스물셋 청춘

별을 향해 솟구치다가

날개 부러진 시간이 살아난다

사랑에서 뻗어 나간 열정과 환멸의 몸짓

눈을 감거나 고개 숙이거나 혹은 젖힌 채인

청중들 내다보던 나는

누군가가 두꺼운 커튼을 밀어낸

유리문 한 뼘쯤의 영상에 빠져든다

쥐똥나무덤불아래계단아래가로수아래거리와맞닿은하늘

소리없이겹쳐진흐린봄날의잿빛선명한……

어린 날 읽은 파우스트 누런 갱지 안

활자들이 춤을 춘다 발프르기스의 밤

기괴하게 펼쳐지는 브로켄산의 마녀 잔치

클라이맥스에서 다시 들어선 나, 그와 함께 묻히다

문득 내 안에 연못이

낮잠 들었다 깨었다 내 방이 낯설다

지난 며칠 생살을 갉아대던 말들

그만 됐다 입 다문 채 고여 있다

약수터에 올라가다 들여다보는

어스름 녘 산기슭의 연못처럼 캄캄하다

숲도 바람도 눈물도 잠잠해진

내 안에서 몸 비비는 소리 들린다

봉우리에서 흘러드는 물줄기

혼자서는 밝아질 수 없을 때

그렁그렁 연못을 비추는 불빛

잔뿌리 내리는 물풀들

튀어 오르는 잉어들

한 세계를 품은 살갗

찔려도 금방 아무는

이 잔물결은 정말 내 것일까

무시로 빠져 죽은 시간들

물 밖 돌 위에 신발을 벗어 놓은 채

때 없이 연꽃 몇 송이 떠우고

사진 속의 웃음은 지워지지 않는다

묵은 책갈피 속에 사진 한 장 들어 있다
머리카락 들어 올린 바람에
날아갈 것 같은 웃음도 고스란히……

책장 상자 서랍 속
굴러다니는
지치지 않는 얼굴들

고르게 박힌 것들
다 남겨두고
내버리는 손 자꾸 망설인다

좌심방 우심방 가리지 않고
두드리다가
뛰어다니다가
찢고 달아날까 두려운
꼭 목숨만큼의 무게 하나

숲이 흔들려도 물살이 거세도

보이지 않다가

한 무리 풀꽃의 살랑임에 덮쳐드는

흑백의 그리움

뫼제비꽃

잎 트기 전 틈새로
봄볕 내려앉는다
눈 비빌 새 없는 짧은 만남

층층 쌓인 기다림 지우며
뫼제비 작은 꽃잎
숨찬 자줏빛

막간을 채우는 배역 사절
하고 싶은 말, 하고 싶은 몸짓
마음껏 펼쳐 놓을
자리가 필요해

궤도에서 벗어나고 싶은
어둔 땅 밑 발목 위해
궤도에서 벗어날 수 없는
질긴 시간을 위해

별똥별, 움찔

내내 쏘다니던 어젯밤도
잠자리에 눕자마자,
— 뚝, 움찔
잔병 달고 살던 어릴 적부터
깎아지른 계단에서
바닷물 시퍼런 벼랑에서
몇 칸 몇 길
— 뚝, 움찔
이 별의 중력에 맞지 않는 몸으로
잘못 떨어진 별이었는지
떨어질 때의 기억을 놓지 못했는지
엄마가 달인 탕약 센 힘으로도 잡지 못해
— 뚝, 움찔
키 크느라 그런다고 했는데
잭의 콩나무만큼 자랐을 내 키는
지금 어디쯤 닿아 있을까
마침내 정수리

지구별 속살을 뚫고

별똥별

— 뚝, 움찔

화들짝, 활짝

비바람에 휘둘린 자국 안 보인다고
P 시인이 내게
온실에서만 자란 꽃 같단다

내 몸을 할퀴고
넘어뜨린 발톱의 흔적들
어디쯤 웅크렸다가 뼈마디 헤집고
고개 뾰쪽 내미는 건

몰려오는 검은 구름에조차 놀라
미리 흠씬 젖어 버리는 건

멈칫거리며 비틀거리며
혼자 기를 쓰고 발버둥치는 그건
그러면 누구?

속과 다른 얼굴은 거짓?

앵글이 내게 맞춰지면

화들짝, 활짝

웬

온실 꽃?

벽

슈크림, 초콜릿, 팔을 빌린 낮잠
네게선 맛볼 수 없는 것들

또 무얼까 입맛을 다시다가
툭, 치고 내려다보는 눈길

휘어잡아야지 머리끝부터 발끝까지
여지없이 너를 끌고 가던
손목의 시간도 되돌려 버려야지

침도 미처 못 삼킨다
뿌리 끝까지 차오르는 어둠

못 견디어 밀어 올린
꽃잎들의 시간만 저만치

나비를 좇다

특별자치 출범으로 제주에서 열리는 시 잔치에 갔다가 새로 만들었다는 돌문화공원을 찾는다 고인돌군 돌아보는데 커다란 노랑나비 내 앞을 알짱거린다 참새보다 큰 나비도 있네 시월 끝자락에 웬 나비, 함께하던 시인들 뒤로하고 좇았는데, 성큼성큼 맘에 드는 꽃을 못 찾았는지 고인돌 위에서 날개를 접는다 저놈 나도 꽃인 걸 모르네 화장이 너무 약했나 발치에 앉아 방금 샤워한 듯 쾌청한 허공 들이마신다

서귀포 물빛 같은 하늘 쏟아져 숨비소리와 함께 떠오르는 함지박처럼 내 몸 솟구쳐 선사시대 적 노랑나비 날개 펄럭이는 고인돌 위 네 등에 타고 날아 볼까

가방 속의 휴대폰에서 김건모가 시끄럽다 신수현 씨 어딨어요? 철모른 유채꽃 드문드문 핀 풀밭에서 나비와 작업에 빠지다 일행들도 놓치고는

방을 들키다

비 오는 날 골목을 걷다가 대나무에 붙어 있는 나방을 본다 담 위로 세차게 흔들리는 댓잎 뒤에서 꼭 만년필촉만 한 나방 고요하다 더듬이 하나 꼼짝 않고 내내 필사적이다

나도 필사적이다 바람 가득한 세상 속에서 내 방, 내 음성 내 눈동자 내 지문만 인식할 수 있도록 코드를 입력한 지 오래다 점검하는 것만이 온전히 갖는 것이다 살살이 더듬지만 자꾸 들린다 말도 글도 아닌 제 몸으로 들려주던, 방은 이렇게 열릴 수 있는 것이라고 무심코 누군가 들여다볼 수도 있는 것이라고 파닥이면 떨어지는 것이라고

불을 켠다, 끈다 스위치를 놓아 버린다 나도 숨죽일 수 있을까 마음이 편안해질까 고요해질까

안 돼 나는 폭발한다 나는 눕는다 깊고 환한 잠 속으로 미라가 되어

시월 담쟁이

골목 끝 빌라의 외벽 담쟁이
이파리들 듬성듬성
구름 한 점 없어 더 멀어진 하늘도 버리고
폐지 더미 상자들이나 펼쳐 묶다가
종이컵에 소주를 부어 마시는
눌러쓴 모자 귀밑머리 희끗한 사내들과
해바라기나 하고 있다
불콰한 얼굴 뒤로, 발바닥 아프도록
한 땀 한 땀 몸 던져 새겨진 길들 선명하다
업혀만 왔던 길 새삼 드러날까
등 뒤로 감추고 싶어지는 별과 별 사이만큼
가깝고도 먼 어제와 내일 사이
엉거주춤 매달려 있는 내가 보인다
남은 달력이 너무 얇은데
겨울을 날 외투는 충분히 따뜻할까
햇볕이 종종걸음으로 외벽을 넘어
목쉰 확성기를 틀며 생선을 파는 트럭

그림자를 지우며 간다

은하철도보다 더 빨리

딸아이와 손잡고 타던 은하철도 999도 별마다 거쳐 가는데, 그 별들 사이 한 점 먼지도 못 되는 나, 시간을 다투는 약속도 없이 지하철 급행을 기다려, 열차 창밖은 불 꺼진 은하처럼 어둑한데 문득 아버지와 처음 탔던 경인선 기차가 스쳐 간다 부연 먼지 낀 유리에 손가락으로 그린 사과며 장미꽃은 차창 밖 나뭇가지에 걸려 아직도 눈짓하는데, 무엇이든 오냐오냐 아버지 품 안에서 날개가 없어도 지붕을 넘고 전봇대와 산을 넘어 바다를 건너던 구름을 타고 별들에게 가던 내가 이젠 땅속을 달리는 따뜻한 창가에 살진 고양이처럼 앉아 졸며

넝쿨장미 내다보는 담장 앞치마 펄럭이는 옥상에 손 흔들며 칙칙폭폭 치익 은하철도를 타고

가신다는 한마디 말씀도 없이 홀쩍 떠나신 아버지, 별을 찾아가는 9호선 급행 신논현에서 여의도까지 짧고, 먼 우주 레일

흘러내려요 봄이 자꾸

자꾸 흘러내려요

가방끈을 끌어올려요

엊그제 꽃샘바람에 쟁강거리던 햇살

마른 풀더미 속 졸고 있어요

한 걸음 멈추고 고개 드니

나뭇가지에 반짝!

새순들 눈이 부셔요

개구쟁이 함성을 날리며

공중을 뛰어다닐 것만 같아요

팔 한껏 벌려 끌어안아요

그 연두 빛깔 다시 틔우고 싶어요

나이테가 하나 더 생기는

이맘때면 온몸에 물이 돌아 출렁거려요

운동화 가볍게

공원으로 거리로 걸어야겠어요

구름, 풀, 나무, 사람, 새……

뭇 시선과 마주하고 싶어서요

어쩌지요 벌써부터 어깨가 근지러워요

방금 감은 긴 머리칼 흩날리며

걸터앉은 봄

가방끈이 흘러내려요, 자꾸

제4부

잠들어야만 샘솟는 아버지

물기며 기름기 다 빨아먹고

바닥으로 구겨 넣은 불바람

제 구역 찾았다고 휘몰아친다

목을 빼고 기다려 보지만

물줄기 따라오지 않는다

누덕누덕 갈라지는 발바닥

구두도 코트도 모자도 날아가 버린다

품 안에 사막을 감춰 놓고

감쪽같이 물결 넘실대는 아버지

낙타풀을 뜯을 수는 없어

구름도 닿으면 찢길 거야

쏟아지는 모래비에 따가운 눈 감아 버리면

아버지는 부챗살 위로 튀어 오르는 햇빛

일렁거리는 뜨락이 담겨 있는 자배기

뒷짐 지고 스쳐 가는 스케이트

은빛 날에 달라붙는 물비늘

눈을 뜨면 갈증이 솟구쳐요

저장할 수 없는 아버지

막무가내의 사막 부둥켜안으면

오아시스 길을 열까요

잠들어야만 샘솟는 아버지

제주도

속살 훤히 보이는 바다 한 자락이거나

봄 빛깔이 넘실대는 유채꽃밭이거나

박제처럼 능청맞은 가마우지거나

물질로 솟아나는 해녀의 휘파람 소리거나

호박 넣고 끓인 갈칫국이거나

사나운 바람 얼러 보내는 돌담이거나

에헴, 인사를 받는 돌하르방이거나

세한도의 소나무로 서 있는 김정희거나

바닷가의 아이들을 그리는 이중섭이거나

백록담에 얼굴 비추는 정지용이거나

성산 일출봉에서 기다리는 김민부거나

만난 일 없어도 오래 만난 것 같은

얼굴들 손을 내밀다 멈칫 돌아서는

등 푸른 파도 태생의 그리움

밤섬을 위하여
─밤섬의 허리께 한강과 봉원천이 만나는 자리에 모래밭이 자라
고 있다

사방 흐르던 길 사라지고

네가 서 있다

아무것도 거칠 것 없는 듯

팔 벌리고 있다

너를 향해 자라나는

내 키가 보인다고

네 몸의 소식들

먼저 반겨 날아와

듬성듬성 뿌리내리고

발자국을 찍고 있다

작지만 지치지 않는 걸음

간간이 무릎 깨어지고 아리면서도

언제 이를까 헤아리는 일

잊고 가는 길

내가 흔드는 손 마주보며 너도

내게로 오고 있는

겨울 숲에서

헐벗은 숲 찾아드는 바람
떡갈나무 주름진 이파리에
안부를 묻는다 반색하는
소리, 적막해라
찾아 주는 것들 이뻐라

괜찮으냐
전화기 속 점점 목소리 커지던 아버지

늙은 이파리들 바람에게
괜찮으냐
괜찮으냐

가을볕

지는 볕 아쉬워 나간 산책길

인라인 파워워킹 부산하던 발길 드물다

이따금 자전거나 한 대씩 지나고

잘 익은 풀들 무더기로 엎드려

멧비둘기, 참새 떼에게

남은 씨앗 아낌없이 내주고 있다

통통 명랑한 풀밭 위의 식사

어김없이 힘센 놈들에게 이마를 쪼이며

눈칫밥을 먹는 참새들도 보인다

무료급식 밥차 앞의 얼굴들

뜬금없이 떠오르지만

풀씨로 여무는 저 몸들

노숙의 찌든 냄새는 나지 않는다

다시 어둠이 오더라도

저것들 바람을 재우고 볕을 품고 있는

풀 더미 속 둥지 안으로

구구 찌르찌르 부리를 맞대고

밥 냄새 익어 가는 꿈을 꾸리라

무엇 하나 품거나 내주기는커녕

제 입에 드는 밥주걱도 힘겨운

내 몸을 어찌 알아차렸는지

남은 햇살들 어깨에 둘러앉아

다독다독 온기를 쟁여 주고

내 몸 살아 있는

좋은 것 다 붙들어 놓을 수는 없지

소나무, 산사나무, 칡덩굴 코끝으로 달려드는 냄새
모래와 이파리와 물웅덩이의 오솔길이 발바닥에 닿는 소리
초롱꽃, 달맞이꽃, 참나리 숲길을 틔우는 빛깔

너 하나뿐이라는 무거운 말
날아오르는 절정의 하늘

어느 틈에 흘러가지 굽이치며 솟구치며

지리멸렬 지리멸렬 하루가 가라앉을 때
살짝살짝 고개를 내미는 것들

처음이자 끝인, 살아 있는 내 몸

영춘화가 피었다

개나린 줄 알았는데

눈바람도 모르고 먼저 나와 기다리는

봄맞이 꽃이라고

언제 커서 어른 되나 손꼽던

소꿉장난 코흘리개 계집애

불쑥 고개 내민 바깥이었다고

난 몰라 난 몰라

잿빛 바람에 노랑 빛깔 입혀 봐도

자꾸 흔들어 눈앞 흐리게 하던걸

슬러시 슬러시 얼음과자처럼

달라붙던 입술

달콤하지도 않던걸

정작 봄 햇살은 잘도 따라오는데

만날 숨어 버린 건 나라고

서두르다 지레 웅크린

봉오리 말간 계집애들

톡톡 털고 일어나

해맑게 웃고 있는 것 좀 봐

가느단 목 쏘옥 빼고

햇살 불러 모으며

사랑

풀잎을 무심코 들추어 보듯
—무당벌레로군
내 방을
엿보셨습니까

흡입구만 있다

빛과 어둠이 교차하던
줄다리기의 순간들 발뒤꿈치를 들고 있다
튀어나올 수 없어 더욱
팽팽한,
불빛을 열지 못한 날벌레의 날들 구겨진 날개도
숨어 있다

펄떡이는 심장을 꺼내 놓으면
비로소 죽지 않을
生, 生 날것으로 웅크린 마음 하나

품고 있다

무당벌레 등껍질 알록달록한

입추

아직 덜 식은 몸 뒤척인다

바람만 스치면 미쳐 버리는 불꽃같던 나날

겨우 이겨내고 여민 가슴

그냥 지나가다오

이상기류라든가 열대성 저기압이 몰고 오는

눈먼 바다의 몸부림

이제는 맑게 눈 떠 흔들리지 않을

하늘만 이마 위에 얹고

날개를 달고 싶다

티끌로 남아 떠돌 목숨 위해

타다 남은 몸 엷은 바람의 혀끝으로

첫눈

머뭇머뭇,
이마에
입술을 대 보다가
목덜미에
코끝을 부비다가

머뭇머뭇,
입술을 훔치다가
아뜩하게
하늘이 엎어져
별들이
등줄기 타고
녹아내리는

머뭇머뭇,
네 뼈, 네 살
매양

첫

경험

뿌리에 대하여

시집 낸 친구의 축하 자리, 노래방까지 어울리다 빠져나
온 밤 양재역 계단 오르려다 삐익삐익, 울음에 발목 휘감긴
다 계단 밑 귀퉁이 쪼그리고 앉은 아낙의 발치 흰 불빛 상자
속 병아리들 삐익삐익, 흘러넘치는 어둠이라도 덮어 주면
눈 감을 것 같은 울음 끼리끼리 기댈 수 있는 곳에서도 뿌리
감출 수 없는 것들의 어쩔 수 없는 바둥거림

역사 근방 꽃집 앞 시간 늦을까 바쁜 걸음 속에서도 발 멈
추게 했던 초롱 웃음 이우는 봄 햇살 속 히아신스 수선화 어
린 꽃나무가 주던 평화는 뿌리가 내려서일까 품어 주는 가
슴은 아예 모르고 이 손 저 손 떠돌다 사라질 콩콩 뛰는 심
장 종종거리는 발자국 어찌 이들뿐이랴 혼자서도 나무처럼
잘 서려면 얼마나 걸리는지, 옹이 지고 살갗 트여서도 바람
에 움츠러들어 날아간 지붕 찾아 맴도는 내 몸의 목젖이 따
라 삐익삐익, "누나도 시집 꼴 좀 보자" 아직도 첫 시집을 갖
지 못한 내게 P 시인의 따뜻한 우정도 새삼 삐익삐익,

푸른 별들 사이 뿌리 뽑혀 눈시울 붉은 별들 막막히 돌고
있는 어둠 속

별똥사랑

안성 수졸재*에 갔었는데요
집 아래 텃밭이 폭탄을 맞은 것처럼
움푹 패어 있었는데요
집주인은 별똥별이 떨어진 자리라고 했어요
사자자리 별비가 쏟아지던
이천일년 십일월 십칠일
마당에 매어 놓은 그네에서
담요를 뒤집어쓰고 밤을 새웠다는데요

황홀한 만남의 때
눈 부비며 몸을 떨던 기다림

보고 싶어도 눈만 깜박거리던,
얼굴 항상 밝아야 살아남지
입술 깨물며 웃다가

---

* 경기도 안성에 있는 장석주 시인의 서재

다리 뻗고 울지도 못하면서
눈시울 점점 붉어지던 별들이
수억 광년 소용돌이와 암흑을 헤치고
달려오게 했다지요

그 길은 산과 물이 막고 있다고
저 길은 불과 얼음으로 덮여 있다고
너와 내가 이제껏 핑계만 대고 있던 길
불현듯 밝혀 주던
별똥사랑이었지요

운명 소나티네

그대에게 가는 길은 없다
지상의 어떤 탈것으로도
넘을 수 없는 벽, 그대는

터뜨리는 웃음에 잘리고
포도를 고르는 노동에 지워지고
숨 가쁘게 기어올라
까무룩 베고 잠든 어깨에 파묻히고
새벽 잠귀를 열며 솟구치는
새들의 날갯짓에 떨어지고……

사무실과 이메일과 휴대폰을 벗어나
별들이 점쳐 주는
낯익은 내생(來生)의 밖
맨발로 기다리는,
이름 없이 걸린 문패

해설 · 시인의 말

만년설의 사랑과 몸의 전율

이숭원(문학평론가)

1. 당신에게 한번은 전부가 되고 싶은

유사 이래 창조된 수많은 시에서 가장 많은 편수를 보이
는 것이 사랑 시이고 다음이 존재 탐구의 시라고 한다. 이
것은 인간 정신 현상의 일반적 흐름과 관련이 있다.

빈센트 반 고흐와는 달리 사교적 기질도 농후했던 폴 고
갱은, 고흐와 두 달 정도 함께 생활하다 다투고 헤어진 후
이곳저곳을 방황하다가 원시적 생명력에 매혹을 느껴 남태
평양 타히티 섬으로 갔다. 열대 원시림에서 탈문명의 생활
을 하면서 타히티 여인들과 사랑을 나누었다. 처음에는 열
정적으로 그림을 그렸지만 날이 갈수록 가난과 고독이 그
의 영혼을 시들게 했다. 매독과 우울증으로 자살 기도까지
했던 그가 다시 타히티로 돌아가 마지막으로 사력을 다해

그런 작품이 〈우리는 어디에서 왔으며, 우리는 누구이며, 우리는 어디로 가는가?〉이다. 도시 문명의 인위성을 거부하고 원시의 사랑을 추구한 이 열정의 화가도 삶의 마지막 단계에서는 실존적 질문을 던진 것이다. 이러한 사실에서도 사랑의 추구와 존재에 대한 성찰, 이 두 가지가 모든 예술 창조의 근원이고 인간 활동의 기저 동인이라는 점을 이해할 수 있다.

신수현의 시도 크게 보면 사랑을 노래한 시와 존재를 성찰한 시로 나뉜다. 사랑의 시라고 해서 갑남을녀의 연애만 생각해서는 안 된다. 그런 일상의 사랑을 포함해서 보편적인 인간에 대한 사랑, 생명에 대한 사랑, 사물에 대한 사랑, 시에 대한 사랑, 심지어 존재 그 자체에 대한 사랑까지 인간의 갈망과 동경을 표현한 것은 모두 이 범주에 포함된다. 그런 의미에서 모든 시는 다 사랑 시라고 말할 수도 있다.

사랑 시가 이렇게 많이 생산되었다는 것은 사랑의 과정이 순탄하지 않음을 반증한다. 사랑은 늘 꺾이고 휘고 끊어지고 밟힌다. 사랑은 좌절의 운명을 지닌 부단한 욕망의 추동(推動)이다. 사정이 이러하므로 세상의 모든 사랑은 파탄과 상처의 기록을 남긴다. 사랑은 이루어지지 않을 때 순도가 지속되고, 이루어졌다고 믿는 순간 순정의 열도가 사라진다. 그런 의미에서 사랑은 인간 존재의 부조리함과 모순을 가장 잘 나타내는 정신 현상이라고 할 수 있다.

신수현도 사랑의 미달(未達), 미수(未遂), 파탄을 노래한다. 그는 사랑을 추상적으로 노래하지 않고 객관적 사물을 축으로 삼아 상상력을 발동한다. 「꽃무릇에 찍히다」는 잎과 꽃이 따로 피는 상사화를 축으로 사랑의 어긋남을 노래했다. 아무리 시간이 흐르고 생이 바뀌어도 사랑하는 대상과 만나지 못하니 사랑이 이루어질 수가 없다. 끝없는 그리움과 영속적인 대상의 부재에 초점을 맞추고 사랑을 표현한 것이다. 「파도」는 파도의 심상을 빌려 사랑을 표현했다. 억제할 수 없는 힘으로 휘저으며 돌진하다가 어느 순간 뒤로 밀려 사라져 가는 파도도 상사화처럼 사랑의 불발(不發)을 상징한다. 파도가 모래에 흔적을 남겨도 다음에 오는 파도는 그 흔적을 지워 버린다. 끝없이 유동하는 파도, 조금 전의 마음의 기색을 바로 지워 버리는 파도, 거세기는 하나 허망의 포말을 남기는 파도는 이룰 수 없는 사랑의 비유로 적실하다.

「밥」은 밥을 짓는 과정으로 사랑을 표현했는데 이는, 쌀을 씻고 적당히 물을 붓고 불을 지펴 "물과 불의 길을 건너는" 정밀한 경험을 실제로 해본 사람만이 표현할 수 있다. 물과 불의 길로 이어진 사랑의 진심이 그대에게 다가가지만, 그 행로가 "뿌리부터 가지까지 설익은 말"로 주저앉을 수도 있다. 설익은 말이 사랑의 표현으로 완성되기 위해서는 "뜸 들여지고 싶은" 시간의 온축이 필요하다. 이런 전환의 상상력은 여성의 섬세한 감성이 아니면 나오기 힘들다. 사랑의 간절함과 참고 견디는 기다림이 밥을 만드는 과정과 조화를 이루었다.

그의 사랑 시편 중 다음 작품에 나타난 대상과의 호응은 특별히 검토될 필요가 있다.

항상 생각해요
이마에, 뺨 위에 살짝 입 맞추고 갈까요
탱, 쥐었다 풀었다 눈치 보게 할까요

흐르다가 자꾸 당신을 만납니다
이름 한번 얻지 못했어도 알 수 있습니다
숲이었던
바위였던
당신 안에 출렁이며 머물렀지요 머문다는 것
발목 묻고 익어 가는 일입니다
몸 바꾸어
그 몸의
흐뭇한 살이 되는 일입니다
통통 살 오르는 날들을 지나
흩어지기도 하는 것입니다
다 덧없는 것만은 아니지요
스러지는 만남도 이렇듯 쌓이다 보면

당신에게 한번은 전부가 되고 싶습니다

만년설은 못 되더라도

―「눈」전문

눈은 세상에 가볍게 내려왔다가 오래 지속되지 못하고
사라지는 운명을 지녔다. 거의 무게가 없는 눈의 촉감은 감
지하기 어려울 정도다. 그런 점에서 눈은 나약한 존재의 사
랑을 나타내는 데 유효하다. 사랑의 조심스러운 발아(發芽)
와 그것의 허망한 소실을 동시에 드러내는 데 적실하다. 누
군가를 사랑하여 다가가지만 상대는 숲처럼 깊고 바위처럼
단단해서 자신이 감당하기 어려운 존재다. 이런 경우 사랑
의 기미를 아예 내보이지 않는 것이 상책이다. 그러나 그것
이 뜻대로 되지 않기 때문에 사랑이 난감한 것이고, 뜻대로
되지 않는다는 그 점이 유사 이래 사랑 시가 많이 나온 이
유이기도 하다. 숲처럼 깊고 바위처럼 단단한 당신을 아예
만나지 않았다면 사랑의 간절함이나 아픔도 없었을 것이
다. 그러나 세상사가 그처럼 단순하지 않음을 우리는 알고
있고, 그것이 인간 존재의 모순에 해당한다는 점도 앞에서
언급한 바 있다.

문제는 "흐르다가 자꾸 당신을" 만난다는 사실이다. 여기
서 '흐르다가'라는 말이 중요하다. 당신은 숲이나 바위처럼
든든한 형태를 갖추고 있는데, 나는 일정한 형태 없이 출렁
이고 흐를 뿐이다. 여기에 벌써 사랑 실패의 존재론적 동인

이 담겨 있다. 사랑의 좌절이 예고되어 있는 출발이다. 당신은 나의 이름을 전혀 알지 못하는데 나는 그대 안에 계속 "출렁이며 머물렀"다고 했다. 아무리 흐르고 출렁이고 머물러도 형태 없는 이미지로 그리했으니 나는 숲의 일부도 되지 못하고 바위의 틈에 스며들지도 못한다. 그러나 상대의 반응과는 상관없이 자신의 행위가 당신 안에 "발목 묻고 익어 가는 일"이라고 했다. 시간의 흐름에 따라 자신의 일방적 사랑이 그대 안에서 성숙되어 갈 것이라는 생각이다. 이런 의식이 세상 모든 일방적 사랑의 고통의 근원, 슬픔의 원천을 이룬다. 그대를 사랑한다는 사실만으로도 흐뭇함이 넘치니 내 몸이 그대 몸의 "흐뭇한 살"이 되고 "통통 살 오르는 날"이 피어나는 것을 상상한다. 이것은 실재가 아니라 환상인데 이 환상이 실현되는 일은 거의 없다. 안데르센의 동화『인어공주』는 모처럼 얻은 사랑의 기회가 사라짐은 물론 자신의 목숨마저 물거품으로 사라지는 환상의 냉혹한 결말을 잘 보여 준다. 그러나 사랑에 빠진 사람은 그러한 상황의 비극성을 인지하지 못한다. 혹은 인어공주처럼 알면서도 그 사랑에 몰입한다.

이러한 운명의 고비에서 시인은 '눈'의 속성을 통해 발상의 전환을 꾀하는데 이것이 이 시의 독창적인 면모다. 눈으로 다가가 그대에게 사랑의 진심을 전하려 하지만 눈은 그대 안으로 스며들지 못하고 인어공주의 육신처럼 덧없이 사라질 운명을 지녔다. 그런 상황에서 시인은 눈의 또 다른 속성을 상상함으로써 허망한 소실을 극복한다. 눈을 중심으로 한 사유의 변환이기에 이 대목은 설득력이 있다. "다덧없는 것만은 아니지요"라고 시인은 말한다. 어째서 그러한가? 녹는 것이 속성인 눈도 자꾸 쌓이면 바위를 덮고 숲을 덮는 순간이 오기 때문이다. 그러다 보면 "당신에게 한번은 전부가" 되는 그런 순간이 오지 않겠느냐는 것이다.

여기서 시인은 '만년설'의 이미지를 떠올린다. 히말라야나 알프스 산정에 녹지 않고 세월을 버티는 만년설이 있다고 하지 않는가? 눈이 내려 만년설이 된다면 그대 옆에 영원히 머물 수 있는 것이다. 그러나 흩날리는 가루눈에 불과한 내가 언감생심 어찌 그런 엄청난 높이에 이를 수 있으리오. "만년설은 못 되더라도"라는 마지막 시행은 그러한 겸손함의 간접적 표현이다. 그저 쌓이고 쌓여 형태를 갖추면 언젠가는 그대에게 나의 진심을 한번은 드러낼 수 있으리라는 생각에 그칠 뿐이다. 이것을 소극적이고 나약한 표현이라고 비판할 필요가 없다. 시에서 중요한 것은 진심의 적실한 표현이다. 시인은 눈 이미지를 새롭게 발견하고 변용하여 자신에게 맞는 사랑의 단면을 정성껏 표현했다. 그것은 신수현의 독창적 착상이기에 성공의 기념패를 받을 만하다.

2. 밝은 세상 쪽으로 눈뜨는

사랑의 대상에 가족이 포함되는 것은 범상한 일이고 돌아가신 아버지에 대한 정한이 표현되는 것도 당연한 일이다. 작품에 나온 상황으로 유추하면 시인의 부친은 딸만 넷을 두었는데 어느 날 딸들에게 바닷바람 쐬러 가자고 연락해 놓고 느닷없이 돌아가셨다. "여행 가방 머리맡에 챙겨놓고/먼 길 훌쩍 떠나 버리셨다"(「구름 퍼즐」)라고 했다. 여름이 다가오는 유월 초순의 일이다. 불교를 숭상하는 분인지 장례 후 북한산 삼천사에 위패를 모셨다. 제삿날이면 절 마당 작은 연못에 어김없이 수련이 피고, 딸들이 모여 옛날을 떠올리며 절을 올린다. 어떤 추억에서는 울음이 터지기도 하지만, 아버지 영정의 태연한 모습을 대하면 마음이 편안해지고 아버지 무릎 위에서 재재거리던 어릴 때를 생각하면 "말갛게 웃어지"기도 한다(「수련이 핀다」). 그것은 마치 수련이 진흙 뻘에 뿌리를 내리고서도 맑은 꽃을 피우는 것과 같다.

돌아가신 아버지가 생전에는 어떠했는지 모르겠으나, 지금은 시인이 세상 슬픔에 시달릴 때 등을 쓸어내리듯 그것을 없애 주기도 하고, 진흙 같은 번민의 삶 속에서도 맑은 웃음을 피우게 하는 정화의 아이콘 역할을 한다. "바람에게/괜찮으냐/괜찮으냐"(「겨울 숲에서」) 묻는 늙은 이파리처럼 겨울 숲을 지키는 위안의 손길이다. "품 안에 사막을 감춰 놓고/감쪽같이 물결 넘실대는" 극기의 존재고 "부챗살 위로 튀어 오르는 햇빛"(「잠들어야 샘솟는 아버지」) 같은 신생의 존재다. 그러니 시인은 돌아가신 아버지를 잊을 수 없다. 아버지를 잊지 않는 것은 아버지를 위해서가 아니라 자신을 위해서다. 아버지는 돌아가셨지만 아버지라는 존재의 윤기가 나에게 여전히 전해지기 때문이다. 그 윤기가 전하는 위안의 기운은 진흙의 삶에서 나를 일으키고 사막의 어둠 속에도 빛나는 물길을 연다.

아버지의 사랑을 가슴에 품고 있기에 노인에 대한 연민과 관심이 그의 시에 짙게 드러난다. 사랑 시가 그러했듯이 연민의 표현도 객관적 대상을 통해 간접적으로 형상화된다.

> 골목 끝 빌라의 외벽 담쟁이
>
> 이파리들 듬성듬성
>
> 구름 한 점 없어 더 멀어진 하늘도 버리고
>
> 폐지 더미 상자들이나 펼쳐 묶다가
>
> 종이컵에 소주를 부어 마시는
>
> 눌러쓴 모자 귀밑머리 희끗한 사내들과
>
> 해바라기나 하고 있다
>
> 불콰한 얼굴 뒤로, 발바닥 아프도록
>
> 한 땀 한 땀 몸 던져 새겨진 길들 선명하다
>
> 업혀만 왔던 길 새삼 드러날까
>
> 등 뒤로 감추고 싶어지는 별과 별 사이만큼

가깝고도 먼 어제와 내일 사이

엉거주춤 매달려 있는 내가 보인다

남은 달력이 너무 얇은데

겨울을 날 외투는 충분히 따뜻할까

햇볕이 종종걸음으로 외벽을 넘어

목쉰 확성기를 틀며 생선을 파는 트럭

그림자를 지우며 간다

—「시월 담쟁이」전문

  이 시가 대상으로 삼고 있는 것은 표면적으로는 골목 끝 빌라 외벽에 붙어 있는 담쟁이다. 가을이 되어 잎이 듬성듬성해지자 외벽의 붉은빛이 모습을 드러냈다. 구름 한 점 없는 하늘이 더욱 멀리 밀려난 오후, 담쟁이 붙은 외벽 아래 폐지를 주워 파는 머리 희끗한 사내들이 모여 있다. 사내들은 하늘은 거들떠보지 않고 폐지 더미 상자를 묶다가 종이컵에 소주를 부어 마신다. 불그레한 담쟁이 잎이 술기가 올라 불콰해진 사내들의 얼굴빛과 흡사하다. 담쟁이는 그들과 어울려 한 폭의 풍경화를 구성한다.

  폐지를 묶는 그 사람들은 어떠한 생을 거쳐 왔을까? "발바닥 아프도록/한 땀 한 땀 몸 던져" 시련의 길을 걸어왔을 것이다. 그들의 불콰한 얼굴 뒤에 고초의 길이 선명하게 비친다고 시인은 썼다. 아픔과 슬픔의 길이니 굳이 그 형색을 드러낼 필요는 없다. 그 사내들만이 아니라 그들을 바라보는 나도 걸어온 길이 그리 밝지 않다. 어제를 거쳐 내일로 가는 길목에 있지만 어떤 길을 걸어왔는지 별과 별 사이만큼 아득하다. 외벽에 엉거주춤 매달려 있는 담쟁이나 나나 다를 바 없다. 시월의 쓸쓸한 오후의 길목에서 나나 머리 희끗한 사내들이나 빛을 잃어 가는 외벽의 담쟁이나 모두 비슷한 모습이다.

시월이라 종이 달력은 몇 장 남지 않았고 겨울 외투는 준비가 되었는지 모르겠다. 굳이 그 사내들 생각을 하는 것은 돌아가신 아버지에 대한 연민과 그리움 때문일 것이다. 이제 하루가 저물어 "햇볕이 종종걸음으로 외벽을 넘어" 골목 입구의 트럭 그림자를 지워 간다. 골목 어귀에는 "목쉰 확성기를 틀며 생선을 파는" 트럭이 있다. 이처럼 이 시의 정경은 모두 허름하다. 골목 끝 빌라도 허름하고, 외벽 담쟁이도 싱싱함을 잃었고, 폐지를 묶은 사내들은 늙었고, 겨울을 날 외투는 얇고, 생선 파는 확성기는 목이 쉬었고, 햇볕도 종종걸음으로 그림자를 지우며 사라진다. 스산하고 애잔한 생의 한순간을 시로 표현하였는데 그 눈길의 중심에 놓인 것이 노인에 대한 연민이다. 연민의 눈길은 다음 시로 이어진다.

발길 뜸한 창경궁 담장 길
꽃샘바람에 손 시린 햇살이 종종거리는
가로수 곁 돌 벤치 위

한 여자 잠들어 있다

운동화 속 두터운 양말로 밀어 넣은
검은 누비바지
목까지 치켜 잠근 검은 점퍼
한때는 치렁하게 흩날렸을 긴 머리
털모자로 덮어쓰고
땟국 속으로도 드러나는 얼굴
마스크로 한 번 더 가리고
팔짱 단단히 낀 채

쉼 없이 실을 뽑아 바쳐야 하는
어떤 삶이 싫어
평생 푸른 먹이 보장된 감옥 뛰쳐나와
한잠 쉬고 있는 건지
어떤 손이 그 여자
고치를 짓게 한 건지

봄 손길 따끈해지면
한뎃잠의 때 절은 발목, 뭉친 어깻죽지
밀어 올려, 악몽이었나
화들짝 밝은 세상 속으로
눈뜰 수 있을까

나방이로 날아오를 수 있을까

—「고치 짓는 누에」 전문

이 시가 그려내는 것은 어떤 노숙의 여인이다. 시인의 시선은 따스하면서도 정밀하다. 작은 부분 하나 놓치지 않고 근접 묘사의 자세를 유지한다. 꽃샘바람이 분다고 했으니 앞의 시와는 달리 봄이 오는 길목이다. 꽃샘바람에 햇살도 손 시려 종종거린다고 했다. 인적 드문 창경궁 담장 길 가로수 옆 벤치에 한 여인이 잠들어 있다. 시인은 그 여인의 입성과 차림을 가까이 들여다보듯 정교하게 묘사한다. 여인에 대한 연민과 애정의 표현이다. 추위를 피하려고 검은 누비바지를 두터운 양말 속으로 밀어 넣었고 검은 점퍼를 목까지 올라오게 치켜 잠갔다. 머리에는 털모자를 덮어쓰고 얼굴은 마스크로 가려 단단히 중무장한 자세로 팔짱을 낀 채 잠들어 있다.

시인은 그 여인의 웅크린 모습을 보고 고치를 떠올린다. 누에처럼 푸른 뽕을 먹다가 종국엔 실을 뽑아 고치 속에 틀어박힌 존재. 누군가에게 평생 실을 뽑아 바쳐야 하는 운명이기에 이렇게 고치 속의 잠을 잠시 자고 있는 것인지 모른다. 보이지 않는 어떤 운명의 손이 그 여자로 하여금 고치를 짓게 했는지도 모른다. 요컨대 이 여인의 삶이 희생과 헌신의 연속이었을 것이라는 상상이다. 지금은 봄이 오는 길목, 꽃샘바람이 불고 있다. 이제 봄의 온기가 퍼지면 한

뎃잠 자는 이 고치에게도 햇살이 비쳐 거친 발목과 뭉친 어깻죽지를 밝은 세상으로 밀어 올릴 수 있을까? 고치를 찢고 한 마리 나방이로 날아오를 수 있을까? 노숙의 여인이건 남에게 실만 뽑아 바치는 고치건 그 존재의 층위는 화자 자신과 다를 바 없다. 화자는 자신의 아픈 삶에 수련이 피기를 바라는 마음으로 거리의 노인과 노숙의 여인에게 연민의 눈길을 보낸다. 이 사랑의 관계는 일방적이어도 상처를 남기지 않는다. 남녀의 사랑처럼 주고받는 관계를 떠나 있기 때문이다. 연민의 사랑이야말로 앞에서 노래한 '눈' 같은 사랑을 실현하는 길인지 모른다.

3. 처음이자 끝인 내 몸

세상은 갈피를 잡을 수 없고 크고 작은 고난이 쉴 새 없이 이어지는 듯하다. 인생이 고해라 했으니 삶의 괴로움을 피할 수 없을 것이다. 문제는 그 괴로움에 빠져 신음하느냐 괴로움 속에서도 살길을 찾느냐 하는 것이다. 세상의 시들을 보면 삶의 고통에 신음하는 시들이 많다. 그렇게 신음이 가득한데 어떻게 시가 나오는 것일까? 냉정히 말하면 신음의 귀퉁이에서 잠깐이라도 평정을 찾아야 시가 쓰여질 것이다. 고통 속에서도 살아야겠다고 마음먹는 긍정의 순간이 있어야 시가 나온다. 신수현은 우리의 삶이 희로애락이 오가는 다층적 공간이라고 생각한다. 삶이란 슬픔과 기쁨이 물리적, 화학적으로 융합되어 선개된다는 인식을 갖는다. 삶의 이중성을 바탕으로 생의 근거와 내력을 표현하는 것이 신수현 시의 특징이다. 그는 그러한 존재론적 인식을 갖고 있다.

「큰 손이 있는 풍경」을 보면 겨울 고무나무 화분이 소재로 나온다. 거실에 들여놓은 화분을 가만히 살펴보면 "겨자씨보다 작고 유리처럼 투명한" 벌레들이 기생하고 있는 것을 볼 수 있다. 화분에 물을 주면 벌레들이 숨어 있던 흙에서 기어 나와 살겠다고 발버둥친다. 얼굴을 들이밀면 깜짝 놀라 다시 흙 속으로 몸을 숨긴다. 때로는 다른 화분으로 옮겨 갔다가 힘센 벌레에게 죽음을 당하기도 하고 먼지에 섞인 채 진공청소기에 흡입되어 목숨을 잃는 놈도 있다. 살려고 발버둥치는 그놈들을 보면 연민의 감정이 생긴다. 우리 인간도 어떤 큰 존재의 눈으로 보면 저런 벌레의 모습과 흡사할 것이라는 생각도 든다. 그러나 중요한 것은 그들이 생명을 유지하고 이 세상에 존재한다는 사실이다. 그들의 존속과 영위는 어떤 보이지 않는 손의 큰 섭리가 작용하는 것 같다. 그는 그 손길을 다음과 같이 노래하는데, 그 숨결과 가락은 긍정적이다.

    방향을 잃고 갈피를 못 잡을 때 위험에 처해 있을 때 알
  수 없는 손길을 느낀 적 있다 넘어지려는 찰나에 손잡아

주는 가슴을 쓸어내리며 문득 주위를 돌아보게 만드는 영
하의 바깥바람 속에서도 가시덤불 속에서도 오므라들지
않게 하는 큰 손길, 티스푼이나 종이쪽에 나를 승선시켜
제 땅에 안착시키는

—「큰 손이 있는 풍경」 부분

　삶의 불안한 표랑과 보이지 않는 손의 포용을 동시에 인
정하는 이중적 존재 인식은 그의 시에서 매우 중요한 기능
을 한다.「겨울을 걷는 나무」에서 시인은 겨울나무를 관찰
한다. 나무가 거쳐 온 과거의 모든 내력이 나무의 피질과
나이테와 옹이에 박혀 있다. 겨울나무는 침묵의 시간을 지
나 봄을 맞을 준비를 하고 있다. 마른 가지 끝에 새 움을 틔
울 미세한 움직임이 나타나고 있다. 시인은 나무와 자신을
동일화하여 "내 안에 숨어 자란 가지들/몸 뒤틀며 깨어나고
있다"고 노래한다. "반 뼘 그늘만 벗어나면 바로 설 수 있다
고/오랜 상처 이제는 새살 돋고 있다"고 노래한다. 이 실존
의 전언은 매우 고무적이다. "아직은 기다리는 것이 더 많
다"는 위안의 말이 우리를 고통에서 건져 올린다. 다음은
가을의 장면이다.

　　지는 볕 아쉬워 나간 산책길
　　인라인 파워워킹 부산하던 발길 드물다
　　이따금 자전거나 한 대씩 지나고

잘 익은 풀들 무더기로 엎드려

멧비둘기, 참새 떼에게

남은 씨앗 아낌없이 내주고 있다

통통 명랑한 풀밭 위의 식사

어김없이 힘센 놈들에게 이마를 쪼이며

눈칫밥을 먹는 참새들도 보인다

무료급식 밥차 앞의 얼굴들

뜬금없이 떠오르지만

풀씨로 여무는 저 몸들

노숙의 찌든 냄새는 나지 않는다

다시 어둠이 오더라도

저것들 바람을 재우고 볕을 품고 있는

풀 더미 속 둥지 안으로

구구 찌르찌르 부리를 맞대고

밥 냄새 익어 가는 꿈을 꾸리라

무엇 하나 품거나 내주기는커녕

제 입에 드는 밥주걱도 힘겨운

내 몸을 어찌 알아차렸는지

남은 햇살들 어깨에 둘러앉아

다독다독 온기를 쟁여 주고

—「가을볕」전문

가을이 다가오는 저녁 산책을 나갔다. 비교적 한가한 길

가에 여름 동안 잘 익은 풀들이 무더기로 엎드려 있다. 새들이 풀밭 사이로 넘나들며 남은 씨앗을 먹느라고 정신이 없다. 시인은 그것을 "통통 명랑한 풀밭 위의 식사"라고 표현했다. 이 구절에서 작은 생명체를 대하는 시인의 따스한 시선이 전해진다. 힘센 놈들에게 머리를 쪼이며 "눈칫밥을 먹는 참새"에 눈길을 준 것도 그러한 연민의 움직임이다. 그렇게 줄을 서서 먹이를 취하는 참새의 연약한 모습이 "무료급식 밥차 앞의 얼굴들"을 떠올리게도 하지만, 그래도 풀씨를 먹고 몸이 통통하게 오른 몸체는 "노숙의 찌든 냄새는" 풍기지 않는다. 인위에서 벗어난 자연의 생물들 사이에 노숙의 개념은 없다. 비록 풀씨로 배를 채우는 처지라 하더라도 새들에게는 돌아갈 둥지가 있다. "바람을 재우고 볕을 품고 있는" 둥지에서 "부리를 맞대고 밥 냄새 익어 가는 꿈을" 꾸는 안식의 공간이 있다. 이것이 인위의 문명생활을 하는 사람과 확연히 구분되는 점이다.

거리의 풀들은 남은 씨앗을 아낌없이 새들에게 내주고 있지만 사람인 화자 자신은 "무엇 하나 품거나 내주기는커녕" 밥주걱 하나 들기도 힘든 처지다. 가을 햇살은 내 처지를 알아차렸는지 남은 햇살을 내 어깨에 비추며 "다독다독 온기를 쟁여 주고" 있다. 이 마지막 문장은 매우 감동적이다. 겉으로 쓸쓸해 보이는 가을은 새들을 비옥하게 할 뿐만 아니라 빈한한 내 어깨에 햇살을 내려 삶의 기운과 정기를 갖게 한다. 이처럼 신수현의 시는 삶을 이중적 시선으로 바라봄으로써 현실의 힘겨움을 희망의 온기로 바꾸는 전환의 화폭을 창조한다.

「문득 내 안에 연못이」도 유사한 구조를 갖는다. 여기서는 연못의 정경이 시인과 동일화된다. 어둡고 낯선 자신의 방을 "어스름 녘 산기슭의 연못"에 비유했다. 저무는 연못은 고요한데 거기 "지난 며칠 생살을 갉아대던 말들" "무시로 빠져 죽은 시간들" 다 잠겨 있을 것 같다. 그러나 캄캄한 연못은 그 상태에 머물지 않는다. 자신의 안에서 "몸 비비는 소리" 들리고 어디선가 물줄기도 흘러들고 어둠을 비추는 불빛도 스며든다. 그래서 시인은 노래한다. "찔러도 금방 아무는/이 잔물결은 정말 내 것일까"라고. 그렇다 삶은 갈라졌다 바로 아무는 연못의 잔물결 같은 것이다. 금방 죽을 것처럼 심장을 압박하던 고통도 시간이 지나면 진흙에 뿌리내리는 물풀처럼 살길을 찾게 된다. 어두운 진흙물 속에서도 몇 송이 연꽃을 피우게 된다. 고통과 희망이 공존하는 삶. 이러한 삶의 이중성에 대한 인식이야말로 신수현 서정시의 가장 중요한 부분이자 우리 문학 전반에 매우 소중한 자양(滋養)이다.

우리들 삶의 끝에는 죽음이 있다. 세상에 영원한 것은 없으니 죽음을 피할 수 있는 생명은 어디에도 없다. 그런 점에서 우리들은 "재깍재깍 독을 품는 초침이/돌아가는/허공 속"에 목숨을 유지하는 존재들이고, "한껏 죽음 향해 키를 높여" 살아가는 존재들이다. 그 존재가 생명을 잃을 때의 한 모습을 포착한 시가 있다.

꽃 피기 전 벚나무 둥치,
큰 구멍 눈에 띈다
무심코 앉아 들여다보다가
멈칫,
부릅뜬 눈
튀어나올 듯 굽힌 뒷다리
먼지 뿌연 거미줄에 묶여 있는
양 앞발로
틈바귀 부여잡은 메뚜기
껍데기만 투명하다
살과 피 빨려 가면서도 헤어나려던
사투(死鬪)······
이런 때나 쓰는 말이라는
함부로 쓰지 말라는
뻗친 더듬이 한껏 편 날개까지
몸의 전언 생생하다

저 빈 몸의 주인,
뿔 세운 전율(戰慄)을

달래며

이제, 그만, 잠들라, 눈, 감으라……

더듬거리는

아직 덜 풀린

햇살의 착한 혀끝

—「축문(祝文)」전문

봄꽃이 피어나기 전 벚나무 둥치에 큰 구멍이 있어 들여
다보았더니 거미줄에 감겨 죽은 메뚜기가 있다. 시인은 그
메뚜기의 모습을 정밀하게 묘사한다. 눈을 부릅뜨고 뒷다
리는 튀어오를 것처럼 잔뜩 굽혀 있고 두 앞발은 틈바귀를
부여잡고 있다. 더듬이와 날개까지 뻗쳐 있는 것을 보니 살
려고 끝까지 몸부림쳤음을 알 수 있다. 겉모습은 그렇게 남
아 있으나 살과 피는 거미에게 다 빨려 내부는 투명하다.
생명이 사라진 존재의 허망함을 이렇게 잘 보여 주는 형상
은 없다. 아무리 살려고 애써도 결국은 이렇게 빈껍데기만
남는다고 생각하면 산다는 것이 허망하게 느껴질 만하다.
그러나 시인은 앞에서 보았듯 삶의 이중적 특성을 인식하
고 있는 사람이다. 종국에는 독을 품은 초침에 희생되지만
마지막 순간까지 최선을 다해 생을 영위해야 한다고 시인
은 생각한다. 시인은 "저 빈 몸의 주인" 위에 드리워진 햇살
에 주목한다. 아직 겨울의 기운이 남아 있긴 하지만 그래도
밝은 햇살이 투명한 메뚜기의 몸체에 내려 이제 잠들라고,

눈 감으라고 착한 혀끝으로 그 몸을 쓰다듬고 있다고 상상한다. 이러한 따스한 시선이 서정시 창조에 매우 중요한 요소가 된다. 이 시와 더불어 다음 작품도 정성껏 음미할 필요가 있다.

좋은 것 다 붙들어 놓을 수는 없지

소나무, 산사나무, 칡덩굴 코끝으로 달려드는 냄새
모래와 이파리와 물웅덩이의 오솔길이 발바닥에 닿는
소리
초롱꽃, 달맞이꽃, 참나리 숲길을 틔우는 빛깔

너 하나뿐이라는 무거운 말
날아오르는 절정의 하늘

어느 틈에 흘러가지 굽이치며 솟구치며

지리멸렬 지리멸렬 하루가 가라앉을 때
살짝살짝 고개를 내미는 것들

처음이자 끝인, 살아 있는 내 몸
—「내 몸 살아 있는」 전문

자연의 다채로운 아름다움은 시각, 청각, 후각 등 여러 가지 감각으로 우리에게 스며든다. 이것이 조화를 이룬 오월이나 유월의 어느 순간은 하늘로 날아오를 듯한 절정의 황홀감을 안겨 준다. 그러나 아무리 아름다운 정경도 "좋은 것 다 붙들어 놓을 수" 없는 것이 삶이다. 시간이 지나면 어느 사이에 그것들은 흘러가고 변하고 소멸한다. 세월은 무정하고 변화는 야속하지만, 그것은 피할 수도 막을 수도 없다. 절정의 미가 사라지고 지리멸렬하게 하루하루가 이어지더라도 부정할 수 없는 것이 무엇인가? "처음이자 끝인, 살아 있는 내 몸"이다. 몸의 확실한 존재성은 계절의 아름다움도 존재의 사라짐도 확실하게 감지하게 하는 인식과 사유의 근원이다. 그런 의미에서 몸의 감각이 우주의 중심이다. 몸의 감각이 살아 있는 동안 우리는 희로애락을 체험하고 삼라만상의 변화를 관찰한다. 감각의 촉수를 최대로 살려 가능한 한 예민하고 섬세하게 모든 것을 받아들일 수 있다. 그러한 체감과 관조를 가능하게 해 주는 양식이 예술이다. 시도 그런 예술의 한 장르다.

시를 쓰고 읽는다는 것은 바로 그런 몸의 감각을 최대로 살리고 굽이치고 솟구치게 하는 일이다. 신수현의 시는 몸의 분명한 인식을 통해 세상을 사랑하고 존재를 성찰하는 서정의 본령을 우리에게 일깨워 준다. 정밀한 관찰과 적실한 표현은 그의 서정을 더 높은 차원으로 승화시킨다. 이것은 우리 시단에서 매우 고상하고 전아한 지점을 확보한다. 신수현의 첫 시집 발간을 기리는 이유가 바로 여기에 있다.

시인의 말

千 개의 목소리로
千 개의 노래를 만들며
千 개의 하늘을 안고 있는
나무 한 그루
이파리에 맺혀
千 개의 뿌리 끝에서
千 개의 가지 끝까지
휘돌아 보고픈
너무 작은 물방울 하나

2019년 여름 광교산 자락에서

신수현